LE CONCILIANTISME,

THÉOLOGIE NOUVELLE.

Le Christ ouvrit les Cieux, je viens fermer l'Enfer.

La spirale, qui n'atteint jamais son centre et s'étend à l'infini, qui n'a, pour lors, ni commencement ni fin, est le symbole géométrique de l'éternité, de Dieu même ; et, l'univers devant refléter par tout son principe, nous reconnaîtrons bientôt en cette courbe et la trajectoire des corps célestes, et l'emblème de l'activité intellectuelle, embrassant, par le passé, le présent et l'avenir, les temps, d'éternité.

Or, toute science repose sur le passé, par les faits antérieurs, les principes admis qui lui servent de base ; toute politique est principalement actualiste, ayant surtout en vue les droits et devoirs actuels, et le maintien de l'état présent ; et toute morale n'est qu'an expectative, ne puisant que dans la vie future ses stimulans et ses freins. Ainsi l'intellecte ne jouit réellement que de trois sortes d'activité s'exerçant sur le passé, par la science, sur le présent, par la politique, et sur l'avenir, par la morale.

Mais la religion, qui embrasse à la fois les causes, les effets actuels et les destinées, comme l'éternité, le passé, le présent et l'avenir, résumant à elle seule ces trois sortes d'activité, l'on doit s'apercevoir qu'il n'y a dans le domaine de l'intelligence que des idées purement religieuses, et en conclure la possibilité de les concilier toutes en les mariant dans une croyance nouvelle.

Si, du sein des souffrances où l'humanité fut en proie, l'esprit religieux naquit, dans la phase où nous allons entrer, l'espérance le développera de plus en plus : si la peur, due au règne du mal, fit croire à des Dieux méchans et cruels, ennemis l'un de l'autre,

le bonheur nous dévoilera des Dieux bienfaisans, si étroitement unis, qu'ils semblent ne former qu'un seul et même être.

Tout est logique dans l'univers, car tout provient de Dieu, et l'avenir est en germe dans le présent, comme celui-ci le fut dans le passé. La croyance nouvelle après laquelle tout homme instruit soupire, ne pouvant alors jamais être que la conséquence des systèmes du jour, examinons rapidement ceux-ci.

Le Saint-Simonisme exhuma de l'histoire la loi du progrès jadis inconnue, analysa la plupart des religions, et fit voir comment, en s'entant l'une sur l'autre, elles nous préparent un avenir tout de religiosité. Cependant, la crise d'où il surgit ne lui permit pas d'être assez religieux lui-même pour ne rien critiquer ; aussi passe-t-il, mais, comme un brillant météore, en éclairant le monde !

Le fouriérisme, s'appuyant sur ce que Dieu n'a fait rien d'inutile, essaie bien d'harmoniser nos passions, et de nous associer pour la production et la consommation ; mais suspendant le cours de ses déductions logiques et blâmant fort irréligieusement le passé, qui, suivant son principe, fut l'unique germe du présent, comment s'établirait-il ? Ces deux systèmes, parce qu'ils sont incomplètement religieux l'un et l'autre, n'ont donc point d'avenir.

S'il est un Dieu, le présent est la conséquence inévitable et nécessaire du passé : alors tout est providentiel et non fatal, progressif et non stable, bien et non pour le mieux, car tout s'améliore sans cesse, et l'optimisme, qui suppose le statuquo excluant le progrès, n'est plus aujourd'hui qu'une simple folie. Mais, ayant vigoureusement sapé les principes religieux d'alors qui devaient s'évanouir à des clartés nouvelles, cette amusante folie a justifié par là son importance passée.

Quand nous serons plus indulgens, que la tolérance aura véritablement cours entre nous, l'association, qui commença du jour que deux jeunes personnes des deux sexes se convinrent, et se poursuit, quoiqu'on en dise, par la civilisation actuelle, qui n'est point un monde à rebours , ou bien Dieu ne saurait ce qu'il fait ; l'association , dis-je , resserra de plus en plus ses nœuds. Réunis d'abord accidentellement par la crainte , et plus tard pour subvenir à nos besoins croissans , nous nous rapprocherons encore afin de jouir plus agréablement de l'existence. Mais cette association plus intime , qui rassemblera et pour la production , et pour la consommation un grand nombre de familles en un seul ménage , ne saurait s'effectuer sans le concours de principes religieux encore plus tolérans que ceux actuels. C'est quand l'humanité, dégrossie déjà par les religions antérieures et façonnée par la nouvelle, aura pris ce poli, gagné ce moelleux, cette urbanité qui nous fait tout endurer patièmment, qu'une telle association sera possible. Ne prétendre l'asseoir que sur un égoïsme purement sensuel serait nous faire rétrograder, et nier dans une entreprise si élevée toute influence religieuse et gouvernementale, c'est nier l'utilité de tout ce qui s'est fait jusqu'à ce jour , et par suite, l'existence de Dieu même. C'est donc par l'association des familles rendues religieusement les plus tolérantes, que la réunion en un seul ménage commencera d'une manière durable ; jusque-là nous n'aurons que des essais bien peu satisfaisans. N'ayant fait rien d'inutile , ce dut être pour nous préparer à cette association nouvelle que Dieu nous envoya des patriarches , des prêtres et des rois.

Le Saint-Simonisme dispose l'espèce humaine à cette association universelle que le fouriérisme essaie de réaliser : l'un prêche éloquemment la tolérance la plus entière , quand l'autre excite au travail , en le rendant facile , attrayant , au lieu de monotone et de fort pénible qu'il est encore. Mais leur succès ne sera complet, qu'en renonçant l'un et l'autre à tout esprit irréligieux de critique, et se mariant dans un troisième système où la nécessité de tout ce qui *fut, est* et *sera* se déduit clairement du seul principe *il est un Dieu ;* système tout-à-fait religieux, puisqu'il relie par l'amour procréateur , la mort à la

vie ; par le progrès, le mal au bien ; par la vitalité moléculaire, le matérialisme au spiritualisme ; qu'en un mot, *il con-
cilie* toutes choses ; ce qui lui vaut le titre de *Conciliantisme.*

Ce système religieux comprend trois parties :

Le *Providentialisme,* où tout est justifié, et nos rapports
entre nous et avec Dieu logiquement établis ;

Le *Vitalisme,* expliquant les phénomènes de la nature par
la vitalité moléculaire ;

L'*Harmonicéisme,* exposant le moyen d'harmoniser les êtres,
et de nous associer pour la production et la consommation.

Reste maintenant à rendre la nouvelle Genèse, sur laquelle
cette théologie repose, accessible aux intelligences les plus
bornées.

LE PROVIDENTIALISME

OU LE

TRINITÉISME.

Marche au flambeau de l'espérance
Jusque dans l'ombre du trépas,
Assuré que ma providence
Ne tend point de piége à tes pas :
Chaque aurore la justifie !

(De Lamartine.)

Ce pont de fleurs jeté de la vie à la mort,
L'amour, est le seul Dieu que la raison avoue.

Les religions, sont des modes d'éducation par où Dieu développe successivement l'espèce humaine. Toujours en rapport avec l'âge des peuples, elles les reflètent de la manière la plus exacte : aussi furent-elles toutes sensuelles, tant que l'humanité n'eut guère en développement que des sens, et spirituelles au fur et à mesure que son intelligence se forma. Cependant son enfance intellectuelle ne leur permettant d'agir alors que par la crainte et l'espoir sur le sentiment, elles ne purent avoir jusqu'ici pour moyens que les peines et les récompenses.

Aujourd'hui que l'intelligence est moins jeune, que la raison fait justice de nos antiques freins et stimulans religieux, non sans troubler la source du sentiment d'où ils découlèrent, puisons à une autre source plus limpide encore des stimulans moins enfantins : la religion de l'humanité ne doit plus être désormais que la déduction toute logique de cet axiome *il est un Dieu.*

Ames véritablement pieuses, ce n'est pas à vous que je m'adresse ; les consolations ne vous manquent pas , c'est à l'âme desséchée de philosophisme , désolée d'incrédulité. J'éclaircirai ses doutes et la consolerai en développant en elle une foi raisonnée. Oui , vous dont toute croyance religieuse excite un sourire de pitié , lisez , et trouvez simplement une seule objection réelle à me faire ?

Malgré cette assurance , je n'en suis pas moins fort peu digne de dénouer les cordons des souliers de ceux qui viendront après moi ; car , en vertu de la loi du progrès , déduite de l'évangile même , puisque les premiers seront les derniers et réciproquement , si nous valons mieux que nos ancêtres , nos descendans vaudront mieux que nous ; et l'enfant qui folâtre à mes côtés sera bientôt mon maître.

Vous que tout fanatisme effraie ou révolte , ne redoutez ni mon culte ni mes prêtres : mon culte est le travail soit manuel , soit intellectuel ; et dans une religion où il n'y a ni mystères à imposer , ni grâces à demander , ni absolutions à obtenir , que faire d'un sacerdoce ?

Persuadé que les religions , toutes nécessaires en leur temps , durent s'enter d'une sur l'autre jusqu'à ce qu'elles se résument en une seule , je les vénère toutes , et suis loin de m'écrier : hors la mienne point de salut ; le prosélytisme n'est pas mon fait. Mais , chérissant mon semblable comme moi-même , je dis aux affligés , venez à moi , j'ai des consolations pour toutes les souffrances ; à ceux qui blâment le passé et s'irritent du présent , le fruit ne vient pas avant la tige , ni celle-ci avant la racine , et le mieux que vous enviez est la conséquence nécessaire du présent qui vous chagrine ; à ceux , enfin , qui , raisonnant sur de simples hypothèses , affirment que le succès eût été certain si l'on s'y fût pris comme ils l'avaient pensé , je réponds , si cette chose n'a pas eu lieu c'est qu'elle n'était pas faisable encore , autrement Dieu l'eût prévue et permise ; car il ne serait plus Dieu , si , ne l'ayant ni prévue ni permise , elle était possible dès-lors.

(7)

Dieu fait tout bien ; voilà mon critérium ; voilà comment, sans pouvoir en détail motiver chaque existence , chaque manière d'être et d'agir , chaque événement , chaque chose, on peut tout justifier , et être amené , par le raisonnement seul , à cette douce tolérance prêchée au sentiment par le Christ.

Tout vient de Dieu ; les individus des trois règnes sont donc tous ses enfans ; ainsi, sans nuire à nos appétits , qui en proviennent également, la bienveillance commandée par le Messie pour les esclaves d'alors, doit aujourd'hui s'étendre à tout ce qui est.

Dieu est infaillible ; n'a besoin nullement de retoucher ses œuvres ; donc il dépose en chaque germe primordial la cause de tous ses développemens successifs ; ce qui le dispense de surveiller toutes choses, et lui permet de créer toujours.

Parce qu'il est immuable , qu'il est constant qu'il a créé une fois , puisque tout lui est dû , il crée sans cesse. Ne pouvant se copier, ni jamais être au-dessous de lui-même, ses créations successives sont toutes en progrès l'une sur l'autre ; aussi tout marche - t - il du bien au mieux. Or une situation , si belle qu'elle soit, est pénible dès qu'une meilleure se présente ; le simple désir d'une amélioration possible occasionne donc au moins du mal-aise ; donc déjà tout progrès se manifeste par lui. Réciproquement , si ce dernier ne décélait pas un progrès , il y aurait dégénéressence de l'œuvre , émanée d'un être parfait , ce qui est inadmissible ; donc tout progrès peut se manifester par une souffrance soit physique soit morale ; donc celle-ci , analogue à une crise de croissance , est toujours le présage d'une amélioration certaine.

Passant du cruel au méchant , du méchant au malicieux , du mal au bien de la même manière que du bien au mieux , notre intelligence progressive dut teindre de cruauté, de méchanceté , de malice , de mal et de bien successivement tous nos actes : l'on rit dans l'âge mûr des pleurs de son enfance , et l'on bénit les corrections que l'on reçut alors. Aussi , dans ses souffrances physiques et morales les plus aiguës, l'humanité ne verra-t-elle bientôt que de salutaires crises, où ses facultés se développent successivement.

Emanant de Dieu, qui est immortel et dans son ensemble et dans ses plus minimes parties, nous le sommes tous comme lui. Il n'aurait pu donner la vie pour l'ôter capricieusement après, sans mettre en défaut le principe de la moindre action, ainsi rien ne meurt; et parce qu'il est parfait et infiniment prévoyant, rien n'est mal.

Toute limite, sauf une seule, Dieu, n'est qu'une pure abstraction : le mal, limite du bien, la mort, limite de la vie sensible, n'ont pas plus d'existence réelle que le repos, limite du mouvement, l'infiniment petit, limite des accroissemens, le zéro, limite des nombres. Rien n'est d'une manière absolue en repos, mal et mort; tout au contraire est en mouvement, bien et vivant : le repos n'est que relatif, il n'est pas de mal dont il ne résulte aucun bien, et la mort n'est qu'une métamorphose dont le papillon se dépouillant de sa chrysalide est l'emblême.

La pensée, qui se produit en nous dans le cerveau, s'émet par le geste, la parole, l'écriture, le dessin, la sculpture, la musique, etc., que les sens perçoivent alors, se forme et se propage tout matériellement; donc les travaux intellectuels ne sont pas aussi étrangers à la matière qu'on le suppose. Mais celle-ci est animée, vivante et non inerte, comme on le croit encore.

Le néant d'une chose ne saurait se conclure de ce qu'elle n'affecte pas nos sens : être pour nous invisible, intactile, insapide, inodore, insonore n'est pas l'être d'une manière absolue : le mycroscope et le télescope ne manifestent-ils pas une foule d'êtres inaperçus sans eux? Pourquoi l'âme n'aurait-elle pas une organisation si subtile qu'elle échapperait à nos sens extérieurs? Pourquoi ne pourrait-elle se développer au moyen de nos organes sensibles, comme l'arbre par le secours de son écorce et de ses feuilles ? Pourquoi n'offrirait-elle pas, comme lui, croissance nouvelle à chaque nouveau revêtement ?

Une matière inanimée, sans action aucune sur les sens les plus parfaits, ne saurait exister, puisqu'elle serait sans possibilité d'emploi ; et l'esprit, ce principe immatériel, mais actif, ne se conçoit pas davantage : comment, sans organes sensibles, agirait-il sur les corps ? Et comment ceux-ci auraient-ils quelqu'action sur lui, s'il est absolument inaccessible aux sens les plus parfaits, et qu'ils soient inertes ? La matière et l'esprit ne sont donc point des entités, des choses distinctes, mais de simples abstractions, deux manières d'étudier plus aisément tout ce qui est. La matière a sentiment, vie ; c'est-à-dire qu'il n'y a dans l'univers que des êtres animés, dont les actions apparentes offrent l'aspect dit matériel, et dont la cause insaisissable, la pensée, la volonté, dues aux actions de l'âme, offrent l'aspect dit spirituel. Ensorte que l'âme peut bien être pourvue d'organes aussi subtils que les fluides impondérables, mais ne saurait jamais être un pur esprit dans le sens reçu jusqu'à ce jour.

Quoique par sa subtilité organique l'âme ne puisse affecter nos sens extérieurs, grossiers, inertes relativement aux siens, l'on peut concevoir son action sur le sens interne, formé d'organes plus délicats, bien plus impressionnables. Les songes, les visions, ces déterminations instinctives et soudaines, ces traits de génie seraient les utiles résultats de ce commerce mystérieusement établi entre nous et ceux dont l'existence est insensible ; leurs âmes communiquant avec les nôtres nous dirigeraient sans cesse. Rien de si naturel que tant de sollicitude de la part de ces guides généreux qui échappent à notre reconnaissance, ni de si doux que de leur rapporter nos succès..... Oui, je les sens, ils m'entourent, me caressent, m'inspirent ! et les vivans profitent du mérite des morts !

Le fruit ne grossit et ne mûrit qu'après que l'arbre est tout

couvert de feuilles, de même c'est à partir de la virilité physique que l'âme progresse le plus. Pour s'améliorer, elle s'isole
dans la vieillesse, comme le sage médite sans distraction au
milieu d'enfans bruyans dont il est environné. En cet état, ses
organes sensibles seraient encore capables de manifester ses
progrès, qu'elle pourrait, fort bien, n'être pas plus comprise
que le savant qui voudrait expliquer les phénomènes de la
nature à des enfans au berceau. Chez le fou, les progrès de
l'âme s'opèrent par saccades intermittentes ; chez l'idiot, il y
a continuité et une telle intensité d'action que la vie semble
refluer tout entière du corps vers l'âme. La folie, l'idiotisme
ne sont que des apparences trompeuses. L'âme de l'insensé,
du fou, du vieillard étant réellement en progrès sur son état
antérieur, bienheureux les pauvres d'esprit, est une vérité
maintenant démontrée. Ce n'est plus de la compassion que les
uns et les autres commandent, mais de la reconnaissance et
de la vénération même, car il se fait en eux un grand travail
dont l'humanité doit profiter un jour.

Condamnés en tout par notre incomplet développement au
système Ptoléméen des apparences, nous voyons rarement les
choses comme elles sont, mais bien comme il convient que nous
les voyions à chacune de nos phases. Ainsi nos jugemens qui,
relativement à nous, peuvent être vrais ou faux, justes ou in-
justes, concourent tous aux desseins de Dieu ; et parce que
l'œuvre d'un tel être ne saurait offrir ni superfluités, ni mons-
tres, il n'est point dans tout ce vaste univers un seul individu
inutile ni dangereux.

Pour peu qu'on soit versé dans les sciences d'observation,
l'existence d'un grand Être créateur de toutes choses est évidente. Si l'homme, être incomplet, parvient dans son intérêt
propre à améliorer le sort de ses subordonnés, l'être parfait,
achevé, aura bien pu disposer tout autant pour notre bonheur
que pour le sien. S'il n'était immortel en nous, en chaque être,
on pourrait en conclure son anéantissement. S'il nous eût voués

au mal , où serait sa bonté parfaite ? Possédant tout au degré suprême , il ferait de fausses manœuvres en ôtant la vie après l'avoir donnée ? Le principe de la moindre action lui serait étranger ? Il n'eût su imaginer , ce dont nous approchons , un ordre de choses où tous les êtres fussent heureux ? Et son intelligence, enfin, ne s'éleverait guère au-dessus de la nôtre ?..... Non ; le mal n'est qu'une crise de croissance ; tous les êtres sont immortels par leur âme , et celle-ci se développe successivement pour son bien-être propre , dont se forme celui de Dieu.

Le sombre tableau de souffrances de plus en plus vives , endurées depuis la naissance jusqu'à la mort, ne saperait la croyance au progrès qu'autant qu'on pourrait établir la dégénéressence et l'anéantissement de l'âme après cette vie déplorable. Or aucune preuve physique ne peut être donnée à cet égard , puisque l'âme est inaccessible aux sens les plus parfaits, et les arguties ne pouvant reposer que sur l'athéisme, le hasard, qui fait abstraction des lois de la nature, il faudrait nier l'existence évidente de celles-ci pour asseoir un système si désolant ! Mais , trouvant dans ces lois une preuve incontestable de l'existence de Dieu , et la logique en déduisant clairement que toutes les âmes loin de dégénérer progressent, loin de périr sont immortelles , loin de se tromper sont infaillibles , en ce qu'elles ne sentent, ne pensent et n'agissent jamais que par Dieu, d'où provient toute organisation ; qu'elles se développent comme les corps , devenant successivement d'âme moléculaire, âme minérale , puis végétale , puis animale, et dans ce règne âme humaine , on ne saurait hésiter entre cette bien douce croyance, étayée de preuves physiques et logiques, et celle du néant qui en est dépourvue , et nous frappe d'ailleurs dans nos affections les plus chères.

De même, qu'une bonne mère n'abandonne son enfant à lui-même que lorsqu'elle l'a mis en état de se passer d'elle ; de même ce ne pourrait être qu'après notre éducation achevée que Dieu nous laisserait à notre libre arbitre : nous ne jouirions donc de ce dernier que quand nous ne pourrions plus mal faire, ainsi le libre arbitre et le mal s'excluent l'un l'autre. Si le mal absolu existait, sa cause ne pouvant résider dans l'être infiniment bon et prévoyant, tout ne serait pas dû à cette cause unique de toutes choses. Si Dieu n'a pas triomphé du mal, ce ne peut être par impuissance, donc il n'a pas voulu ; donc, car la prescience ne peut lui être contestée, il n'aurait créé tant d'êtres que pour les voir éternellement malheureux !... Absurdité par trop révoltante! Dieu a donc mis dans l'organisation insaisissable de l'âme un guide sûr excluant le libre arbitre et le mal : notre essor n'est plus libre, il est vrai, mais Dieu lui-même tient par notre merveilleuse organisation le fil imperceptible qui nous dirige, et cette haute dépendance, nous élevant jusqu'à son infaillibilité, n'est-elle pas infiniment préférable à ce misérable abandon environné de tant d'écueils.

Ne pouvant s'accorder entre eux, ni séparément avec les attributs de la divinité, le libre arbitre et le mal absolu n'existent pas plus l'un que l'autre. Il est des souffrances physiques et morales, sans doute, mais toutes relatives, des crises de croissances, et point de mal dont il ne résulte aucun bien.

Tant que nous croirons au mal absolu, le libre arbitre, qui semble laisser à chacun le mérite de ses œuvres, sera un stimulant nécessaire ; n'est-ce pas en persuadant à l'enfance que ce qu'on en veut obtenir vient d'elle qu'on parvient le plus sûrement à ses fins ? Mais la raison réclame des moyens moins puérils.

Quand la destination entre nos organes palpables et la volonté, cause de leur mouvement, le corps et l'âme, fut suffisamment comprise et répandue, Socrate put initier l'homme à sa dignité et l'élever jusqu'à Dieu par le dogme consolant de l'immortalité de l'âme. Dès-lors l'exploitation de l'homme par l'homme perdit de sa brutalité antérieure. Bientôt nos mœurs, moins âpres, permirent au Christ d'enrichir ce dogme de celui de l'égalité devant Dieu, et cette exploitation, déjà moins brutale, s'adoucit encore : la fraternité humaine proclamée, l'esclavage disparut successivement, et la lutte s'affaiblit au point de rendre la guerre aujourd'hui fort difficile.

Maintenant que grâce à ces héros, si inconsidérément décriés, aux guerres toutes civilisatrices, les peuples se sont instruits, polis par le frottement, ont appris à s'estimer les uns les autres ; que grâce au Christianisme, ils sont membres d'une même famille, tous véritablement frères, commençant à ne concevoir leur bonheur que dans leur union, leur association, notre infaillibilité peut être proclamée. Oui, tous les hommes sont non-seulement immortels, puis égaux devant Dieu, mais encore, parce qu'il n'en sont que les agens, tous sont infaillibles comme lui-même. Le but que nous atteignons est rarement celui que nous avions en vue, et nous sommes faillibles en ce sens ; mais ce but, assigné par Dieu même, tournant toujours à l'avantage individuel et général, établit notre infaillibilité par son utilité reconnue. Insatiables, parce que nous sommes enfans progressifs, toujours écoliers relativement à nos états futurs, notre éducation, qui se poursuit sans relâche, nous oblige, il est vrai, à de continuels travaux ; mais ceux-ci, qui déjà sont bien moins pénibles qu'autrefois, ne tarderont guère à devenir agréables : si c'est à grands coups de hache que le sculpteur ébauche brutalement ses œuvres, n'est-ce pas en quelque sorte en les caressant qu'il les polit et les achève ? Patience, donc ; le règne des cuisantes douleurs touche à sa fin.

Cependant l'exploitation apparente des êtres par les plus avancés, enseignement mutuel par où Dieu se dispense de conduire directement toutes choses, brutale d'abord, moins âpre aujourd'hui, et qui s'adoucit successivement, existera toujours : toujours les uns sembleront exploiter les autres. Mais ne pouvant le faire sans les améliorer, ni s'améliorer eux-mêmes, et chacun acquérant par cette croyance fondée conscience des progrès accomplis, devenant alors, suivant sa position sociale, plus soumis ou moins haut, l'urbanité régnera davantage entre nous ; nos égards descendront jusqu'aux espèces inférieures ; mieux soignées leur développement sera plus complet, et nos besoins, auxquels elles doivent servir, satisfaits pour lors avec infiniment moins de parcimonie.

Le bien-être individuel et général résultera donc de ce dogme de la transmigration des âmes, dont l'idée tout orientale, qu'on ne saurait tarder à mieux concevoir en Occident, nous est par tout offerte : la sève âpre et grossière du sauvageon, élaborée par des greffes diverses, ne donne-t-elle pas ou des fleurs de plus en plus belles, ou des fruits de plus en plus savoureux ?

De ce qu'on ne se rappelle point encore ses transmigrations antérieures, s'en suit-il qu'elles n'aient pas eu lieu, ni qu'on n'en aura jamais conscience ? A-t-on de la mémoire en naissant ? Qui se souvient d'avoir été embryon ? Cependant l'on existait dès-lors ; pas de mère qui ne l'affirme.

Faute d'embrasser à la fois le passé, le présent et l'avenir, de garder souvenance de ces transmigrations successives, qu'il pourrait être superflu, d'ailleurs, de se rappeler en détail, si la dernière, toujours en progrès sur les précédentes, les résumait toutes, et pénible de prévoir, usant ainsi par anticipation l'existence la rendant à charge et sans objet : s'en tenant, comme au jeune âge, aux résultats immédiats fournis par les sens extérieurs aux simples apparences du moment, il est difficile de renoncer au mal absolu. Mais, son existence étant incompatible avec celle de l'être infiniment bon, voyons, sans recourir à de vaines subtilités que la saine raison ne saurait admettre, s'il n'y aurait pas quelque circonstance où une chose bonne en soi dût paraître défectueuse ?

L'œuvre achevée d'un artiste infiniment habile devant être sans défaut, l'univers, où le mal est patent, ne serait pas l'ouvrage d'un être parfait, s'il est achevé ; mais s'il ne l'est pas, si tout y est en perpétuel développement, il y aura progrès continu, la cause étant parfaite, et tout y passera constamment du bien au mieux. Or le bien est du mal relativement au mieux envié ; donc cet univers, œuvre d'un être cependant parfait, doit offrir du mal, parce qu'il est inachevé.

Si ce mal était absolu, la prévoyance divine l'aurait annihilé par une éducation convenable, ou mis hors de notre portée ; aussi n'y a-t-il réellement pour nous que du mal relatif, des souffrances momentanées, de simples crises de croissance, d'amélioration, de progrès. Or, ce mal relatif doit être profitable à celui qui l'endure, pour qu'il n'y ait pas sur lui inutilité d'action ; il doit l'être aussi à celui qui l'exerce, afin que son action ne soit pas inutile à lui-même. Donc, de ce qu'une œuvre provenant de Dieu doit être parfaite dans ses plus petits détails, et n'offrir absolument rien d'inutile, il faut que toute action améliore son auteur et le patient, c'est-à-dire que toute activité est nécessaire, et que toute souffrance physique ou morale doit-être profitable à la fois à ceux qui en sont le sujet et l'objet. Alors tout est admirablement bien harmonisé dans ce monde, et, quitte envers l'humanité des misères qui l'assiégent encore, ce Dieu infiniment prévoyant est aussi infiniment bon.

S'il n'est pas, cet artiste, obligé de concevoir péniblement son œuvre pour l'exécuter ensuite plus péniblement encore, il ne saurait être non plus, cet improvisateur par excellence, exécutant et concevant tout ensemble. Cette pensée transitoire par où j'ai dû commencer pour mettre en jeu les attributs du grand être, en ferait toujours un Dieu mâle, étranger à l'autre sexe, non moins nécessaire à la procréation.

Abandonnant ce Dieu unisexuel, qui nous ramène de la pluralité des Dieux à un seul, et n'oubliant pas que l'on dépasse long-temps la vérité avant de la saisir, comme la pendule, par des oscillations de moins en moins amples, passe nombre de fois par la vésicule du repos, avant de s'y fixer, cherchons ce Dieu, dont toute la nature doit nous offrir l'image.

L'âme progresse par le corps, autrement ce dernier serait inutile ; elle est indispensable au développement de celui-ci, ou bien elle serait superflue. Puisqu'elle ne saurait croître que par lui, il faut bien qu'elle passe successivement et d'une manière hiérarchique par les trois règnes ; ce qui n'est concevable qu'au moyen de la procréation.

Cette résurrection des âmes, ce merveilleux retour à la vie sensible, où notre frivolité n'aperçoit encore que du plaisir, le sexe gracieux, aérien, céleste, si expansif, si compatissant, si bon, semble en avoir deviné l'importance ; car tandis que nous jouons comme de petits enfans avec l'amour, la femme, bien mieux inspirée, le prend au très-grand sérieux, en fait son occupation principale, sa vie.

Au reste, tous les législateurs nous ont préparés à sa future suprématie. D'après Moïse, ce n'est pas du grossier limon de la terre que Dieu la fit, mais de la côte de l'homme, limon déjà fort élaboré ; elle est, d'ailleurs, le chef-d'œuvre de la création, étant le dernier ouvrage sorti des mains du créateur. Tout cède dans le Ciel même à son empire, car c'est à l'intercession de Marie, dont le Christ voulut naître, que nous devons la remise de nos fautes et les grâces d'en haut. Mahomet n'a dans son paradis rien de plus beau, de plus délicieux. Le monde fut en armes tant que la guerre lui plut ; et la lutte était nécessaire alors ; elle l'abhorre aujourd'hui, la guerre n'étant plus un agent de progrès, et la paix, où le luxe a le plus de chances de développement, se consolide. Elle chérit ce dernier, le protège et le propage, parce qu'en effet le luxe est devenu l'agent civilisateur le plus énergique. Elle se plaît aux soins du ménage, par où elle doit jouer un si grand rôle dans l'ordre combiné où nous tendons. C'est l'aimant qui nous sort du statuquo, nous attire dans l'avenir, où elle nous précède sans cesse, soit par instinct, soit par perspicacité, mais toujours en manifestant sa puissance. Le dépôt sacré de la reproduction dont-elle est chargée, la beauté, les grâces, les charmes qui lui échurent en partage, manifestent assez clairement une nature supérieure à la nôtre.

Respectez-donc les femmes, jusque dans leurs bras mêmes ! L'amour, ce pont de fleurs jeté par elles de la vie à la mort, ne saurait plus être désormais un jeu frivole, une débauche honteuse ; c'est un culte sérieux, épuré, sacré, par où nous tendons une main amie à ceux dont l'existence est insensible.

Le fait le plus important, le plus général, observé dans ce monde, est celui de la procréation. Or, l'univers devant refléter par tout son principe, la création divine ne saurait provenir d'un seul être, ce genre de procréation ne s'apercevant nulle part.

En cet instant suprême, où les vivans tendent aux morts une main amie, les deux sexes et l'âme errante et solliciteuse qu'ils recueillent, choyent et caressent, forment des trois un seul être, un, double et triple à la fois ; trinité base de toutes les religions.

Le fœtus, lien physique des conjoints, est aussi leur lien moral, par l'affection maternelle et paternelle qu'il développe en eux ; et l'on représente l'amour sous les traits de l'enfance, parce que cette passion n'est, véritablement à notre insu, que de l'amour maternel et paternel pour l'âme qui sollicite au près de nous son retour à la vie sensible.

Puisque toutes les espèces nous offrent un couple procréant, *Dieu est le couple primordial qui n'a point eu d'enfance* ; couple formé de deux êtres distincts, mère et père suprêmes, qui dans leur unité de vue, l'accord entre eux étant parfait, engendrent l'univers, embryon inachevé, inséparable du couple-Dieu pendant cette merveilleuse conception sans commencement ni fin.

Cette triple personne, ce couple primordial, ce Dieu unique, est un, car, alors et toujours, la mère, le père et le fœtus ne forment en effet qu'un seul et même être. Ce Dieu unique est double cependant, parce qu'on le conçoit formé de deux êtres distincts et complets des deux sexes ; et ce couple divin est triple, puisqu'il développe sans cesse le germe du troisième être inachevé, l'univers, sur qui ses joies et son amour ce concentrent. Voilà donc un seul Dieu en trois personnes, un, double et triple, tout ensemble.

Or la mère suprême est Dieu ; car sans elle point de fécondité. Le père suprême l'est aussi ; car sans lui sa divine compagne serait stérile. Le fœtus univers l'est pareillement, en ce qu'il provient du couple suprême et le reflète par tout. Cependant ce ne sont pas trois Dieux qu'on puisse isoler ; car le fœtus univers n'existerait pas sans le couple suprême dont il tient la vie ; couple qui n'est divin que par sa faculté créatrice que manifeste le fœtus ; faculté dont ces deux grands êtres ne jouissent que l'un par l'autre. Ce ne sont donc pas, dis-je, trois Dieux qu'on puisse effectivement isoler ; mais bien trois personnes en un *seul* Dieu, qui toutes trois sont inséparables pendant l'éternelle conception, et toutes trois nécessaires à la manifestation de cette puissance créatrice constituant leur divinité.

D'après cette nouvelle Genèse, l'univers, quoiqu'aussi âgé que ses parens qui n'ont point eu d'enfance, procède évidemment du couple suprême, et est l'intermédiaire entre ce couple et nous, qui ne saurions l'entrevoir, même partiellement, que par cet univers ; qui n'est ni le poussin brisant sa coque, ni l'œuf déposé dans le nid, mais l'embryon bien à chaque instant quoique jamais achevé, se développant sans cesse dans le sein du couple pendant cette éternelle conception.

Renfermer en chaque animalcule provenant du couple suprême la cause de ses associations diverses et de toutes les formes qu'elle doit prendre, la quintessence de sa destinée, et presque l'infiniment grand dans l'infiniment petit ; varier encore à l'envi ces innombrables créations, voilà ce qui con-

centre en lui-même l'attention du couple divin , et fait de cet
acte une œuvre sublime dont lui seul a conscience.

Les autres couples de cet univers ne créent pas : seulement
ils rappellent en phase visible d'existence l'âme d'une espèce
inférieure ayant terminé ses progrès en celle-ci , ou bien celle
de même espèce dont la carrière progressive n'est point achevée. En revêtant de nouveaux corps , l'âme acquiert d'autres
organes qui la font jouir de facultés nouvelles. Afin de nous
polir les uns par les autres , nous rappelons à la vie l'âme
de nos antagonistes , et dans nos enfans les plus chers , peuvent
revivre ceux qui furent ou eussent été nos plus grands ennemis.

En somme , il ne peut jamais naître de ces couples plus
d'individus qu'il n'en est mort : et l'augmentation des êtres
n'est due qu'à un rapide courant d'animalcules provenant
constamment de la création suprême , qui ne s'achève pas ; le
couple Dieu étant inépuisable. Or les dépouilles des espèces
servant d'aliment à celles d'un autre ordre , qui toutes ont
pour origine les animalcules primordiaux , il suffit que ceux-ci
affluent avec assez d'abondance pour subvenir à cette énorme
consommation ; ce à quoi pourvoit sans relâche le couple infiniment prévoyant.

Rien ne se perd : chaque être concentre , en mourant , dans
son âme , tous les progrès accomplis pour les enrichir de ceux
qu'il fait en revenant chaque fois en phase visible , en se
couvrant , en quelque sorte , d'écorce et de feuilles nouvelles.
Aussi voyons-nous l'intelligence plus développée que jadis , l'é-
ducation de plus en plus facile , l'enfance de moins en moins
longue , en un mot , l'humanité plutôt mûrie.

Puisque tout dépérissement du corps décèle un progrès de
l'âme , que toute souffrance présage une amélioration , la
mort même n'étant qu'une métamorphose en progrès sur l'état
de vie , analogue à une chute de feuilles dont en automne
l'arbre qui a cessé de croître par elles se dépouille , le mal
n'est qu'une illusion. Aussi , renonçant désormais au désolant

dualisme du bien et du mal, embrasserons-nous en toute
confiance celui d'amour, que nous offre le couple suprême,
dont l'affection toujours croissante engendre ce vaste univers,
que de continuelles affluences d'animalcules étendent sans fin,
et que les métamorphoses des êtres, leurs transmigrations
successives, opérées dans leurs actes de procréation indivi-
duelle, embellissent de plus en plus.

Alors la famille sacrée se reflète en chaque famille animale,
végétale et minérale ; Dieu se manifeste en effet par l'univers,
et le voile d'airain n'est plus qu'un voile de gaze. Alors, par
la procréation, qui ramène en phase visible d'existence l'âme
complètement améliorée en l'espèce inférieure, ou, plusieurs
fois, celle de même espèce, jusqu'à ce qu'elle puisse s'élever
à la supérieure, qu'elle ait en quelque sorte fait ses classes,
pris tous ses grades en celle-ci ; alors, dis-je, tout s'améliore
par cet acte résurrectionnel destiné au développement successif
des âmes, à les polir, à faire disparaître ces sortes d'aspérités
qui s'opposent encore aujourd'hui même à leur harmonisation
ostensible, ne laissant subsister entre elles que de simples
nuances nécessaires à l'association universelle où nous sommes
insensiblement conduits : association où s'engloutiront à jamais
la jalousie, l'orgueil, l'égoïsme, la paresse, les vices, les
délits et les crimes.

Ainsi s'expliquent les livres sacrés : ainsi, par une suite
non interrompue de transmigrations progressives, justifiant le
providentiel si rapproché du fatalisme oriental, se concilient
toutes les religions de la terre ; *ainsi*, rien ne se trouvant plus
en dehors du couple suprême, tout devenant sérieux, sacré
désormais en amour, ce pont de fleurs jeté de la vie à la mort,
la femme, entrant par son sexe dans la conception de Dieu,
brise les piscines purificatoires, écrase la tête du serpent,
et fait au règne de la lutte, de la douleur, du mal, des jours
sombres et orageux succéder celui de la paix, des plaisirs,
du bien, des jours sereins et sans nuages ; AINSI CETTE INDIVI-

SIBLE TRINITÉ , offrant à nos sens extérieurs l'univers, puis , aux regards de l'entendement , le couple suprême dans le sein duquel se développe toujours , sans pouvoir jamais en éclore , ce fœtus bien à chaque instant quoique jamais achevé, DIEU, enfin , EST TOUT CE QUI EST ; TOUT EST EN LUI , PAR LUI , RIEN N'EST HORS DE LUI , ET CHAQUE COUPLE DES TROIS RÈGNES EN OFFRE EN CHAQUE ESPÈCE L'IMAGE.

En regard de cette nouvelle conception , le champ de nos espérances doit s'étendre. Celui dont les désirs débordent sans cesse les avantages obtenus , les réalités si brillantes qu'elles soient , ne saurait se contenter d'un paradis purement contemplatif , qu'aucune secte n'a su clairement ni formuler ni placer. A cet être insatiable , avide de nouveautés , progressif , enfin , il faut des plaisirs de plus en plus vifs , une existence ailée , par où il puisse parcourir sans fin tous les mondes de cet immense univers , dont chacun soit en progrès sur les précédens , et les résume tous.

En récapitulation du dogme : par la trinité primordiale reflétée en chaque famille des trois règnes , cette triple existence de Dieu comme mère , père et fœtus ; par la mère suprême , type du sexe gracieux , de la femme ; par le père suprême , type du sexe fort , de l'homme ; par l'univers toujours inachevé , type du sexe incomplet , de l'enfant ; par le dualisme d'amour , couple suprême , type des bons ménages , excluant toute suprématie d'un sexe sur l'autre ; par son acte sublime de conception continue , symbole d'activité ; par son éternelle extase , limite du bonheur que le travail d'association intime procure ; par ce Dieu triple , double et un à-la-fois , cause unique de toutes choses , TOUT EST RELIÉ , CONCILIÉ , EXPLIQUÉ ; TOUT EST PROGRESSIF ET NON STABLE , BIEN ET NON POUR LE MIEUX , PROVIDENTIEL ET NON FATAL.

Maintenant , à la morale actuelle , aujourd'hui fort usée , devra succéder la suivante , moins ombrageuse , plus tolérante , plus virile , déduite de cet exposé.

Ne sentant, ne pensant, n'agissant jamais que par Dieu, dont notre organisation provient, si, d'une part, le mérite de nos actes s'évanouit, de l'autre, il n'y a plus aucun aliment pour la jalousie ni l'orgueil.

Tout étant non-seulement bien dans l'ensemble, mais aussi dans les plus petits détails, et, pour lors, dans l'intérêt de chacun, la haine n'a plus d'aliment.

Tous s'améliorant par la souffrance même, et celui qui l'endure et celui qui l'occasionné, toute vengeance est désormais impossible.

Nos actions, quelles qu'elles soient, tournant toutes alors à notre avantage, plus de véhémence, d'irritabilité, d'emportement, de colère, mais du calme.

Tout étant providentiel, la responsabilité de nos actes est chimérique : plus alors de châtimens à craindre, d'enfer à redouter.

Tout étant prévu et invariablement arrêté d'après l'organisation de chacun, la prière est superflue.

Dieu ayant mis en nous, par cette merveilleuse organisation, un guide sûr, nous sommes tous saints, tous infaillibles ; plus alors de prêtres.

Tout étant providentiel et par suite nécessaire à l'ensemble, tous sont égaux, et passeront alors, sans distinction ni faveur, par chacune des filières du progrès. Ainsi les moins élevés auraient tort d'envier le sort des autres, ni ceux-ci de s'énorgueillir de leur supériorité actuelle ; puisqu'eux-mêmes ont rempli ces fonctions prétendues subalternes, et que ces sommités sociales, tant enviées, ne peuvent échapper aux autres qui, comme tous les êtres, sont immortels, progressifs et égaux devant le couple infiniment juste. Il en résultera donc de la part des uns émulation sans jalousie, et de celle des autres enseignement bienveillant exempt de formes désobligeantes.

Tout étant providentiel, toute spontanéité est sainte : donc entière liberté de pensée ; plus de dédain, de mépris pour aucune ; mais examen consciencieux ; discussion calme et polie de toutes.

Toute spontanéité est sainte : donc entière liberté d'action. Mais chacun persuadé que son antagoniste a pareillement raison d'user aussi de sa spontanéité ; cette persuasion sage nous obligera de soumettre à un examen préalable ces déterminations contraires ; et toute discussion étant désormais calme et polie, rarement une lutte brutale résultera de cet examen consciencieux.

Tout est saint : les passions, les penchans et les goûts sont donc tous dans la nature ; tous ont besoin, il est vrai, d'être contenus, dirigés ; mais aucun n'est dangereux. Tous décèlent nos facultés, et sont autant de moyens d'éducation mis continuellement en jeu dans ce merveilleux enseignement mutuel des êtres d'univers, où tous les individus s'améliorent l'un par l'autre, où l'égoïsme et l'exploitation de l'homme par l'homme ne furent jamais que des illusions. Quand notre raison plus mûrie nous permettra de le reconnaître, une résistance moins âpre à l'action monitoriale, dont l'utilité sera mieux sentie, rendra plus douces les formes de cette action ; le conseil affectueux remplacera l'impérieux commandement, la modeste représentation, l'insolente désobéissance, et le monitorialat exercé pour lors avec plus d'égards, mieux écouté, mieux compris, deviendra l'étoile salutaire sur qui l'aventureux navigateur règle sa marche avec reconnaissance.

Il n'est point de pervers, mais seulement des enfans peu développés parmi d'autres qui le sont davantage. L'individu porté aux actions dites mauvaises, plus enfant alors que les autres, sera traité comme tel ; c'est pour l'améliorer et non par haine, par vengeance ; l'une et l'autre étant d'ailleurs puériles et la dernière impraticable ; qu'une correction lui sera infligée.

Quoique rien ne doive exciter ni mépris ni horreur, puisque tout est providentiel, nos actions, nécessairement en rapport avec l'âge intellectuel de chacun, décélant plus ou moins d'enfance de notre part, nécessitent, comme moyens d'éducation, de progrès, la correction ou la récompense. La société conserve donc par ses lois et coutumes son action sur nous. Mais, plus nous allons, plus l'espèce humaine se développe, et moins les récompenses seront fastueuses et les corrections âpres et barbares. Si l'admiration pour l'homme de génie et vertueux s'affaiblira, il en sera de même du mépris ou de l'horreur que le vicieux ou le criminel inspire ; on le punira dans le seul but de l'améliorer, sans déverser sur lui aucune espèce de flétrissure ; comme nous corrigeons un jeune enfant avec amour, sans brutalité ni colère, sans en désespérer jamais.

Tous remplissent donc une mission utile : et le juge qui prononce la sentence, et le bourreau qui l'exécute, et le prêtre qui absout le patient, si criminel qu'il soit. La crainte d'être découvert ou le remord, est la correction amélioratrice qui frappe ceux que l'ordre social n'atteint pas. Puisqu'il est impossible de faire tourner toutes choses à notre profit exclusif, l'égoïsme, mobile de nos actions, n'est plus que de l'enfantillage. Aussi, loin de rougir à l'aspect de ceux que vous avez haïs, noircis, trompés et persécutés, ouvrez-leur cordialement vos bras, car beaucoup de bien est résulté pour eux du mal que vous avez cru faire ; embrassez affectueusement vos ennemis, car en vous persécutant ils vous ont amélioré.

Maintenant que l'affreuse cataracte du mal est tombée ; que les consciences timorées se calment, que la correction, toujours maternelle, jamais infligée avec mépris, brutalité ni colère, se reçoive sans résistance, avec reconnaissance même ; que les hommes de toutes les opinions, de toutes les sectes fraternisent entre eux, puisque l'égoïsme qui les isolait se dissipe aux clartés du providentiel ; qu'enfin à la prière succède l'action de grâce, car aujourd'hui l'humanité dégagée de ses langes, libre de ses lisières et bourrelets, s'avance majestueusement dans une plaine fleurie, où ce qu'elle crut un abîme n'est plus qu'une légère dépression du sol. L'assurance d'une destinée de plus en plus prospère et le désir ainsi que la possibilité de mieux connaître de jour en jour Dieu par la nature, voilà ses dignes stimulans.

Le travail est le seul culte qu'il soit maintenant raisonnable de rendre à ce Dieu, qui, en créant toujours, nous en donne constamment l'exemple.

L'espèce humaine, destinée à trouver, comme Dieu, son bonheur autant dans le travail que dans les fruits qu'il procure, c'est à le répandre partout avec abondance, à le rendre facile, agréable, attrayant que les chefs de l'ordre social vont désormais songer. Mais si perspicaces, si progressifs qu'ils soient, ils ne peuvent aller au gré des uns, sans se voir abandonnés par la masse, qui ne les conçoit pas suffisamment encore; force est donc de ralentir leur marche, et tout gouvernant sage est de fait du juste milieu.

N'oubliant pas que nous sommes immortels, et que tout est nécessaire, abandonnons l'impatience et le blâme aux petits enfans, agens utiles de destruction, et, du milieu des ruines qu'ils amoncèlent autour de nous, sauvons tant de matériaux précieux, pour en élever un édifice nouveau, où nous puissions jouir en paix des douceurs de l'existence.

Déjà la fougue s'appaise, la critique est plus mesurée, l'espèce humaine entre dans sa virilité, tout va bientôt alors s'embellir pour elle. La contenance des gouvernans est moins altière; Dieu, laissant enfin la hache et le ciseau pour le brunissoir, fait succéder aux austères pratiques religieuses le joyeux et brillant cortége de l'industrie, des sciences et des arts; et, par cette ère de bonheur, qui s'ouvre devant elle, l'humanité, qui aux époques de crise dut nécessairement être athée, rendra désormais de plus touchantes actions de grâces à ce Dieu qu'elle verra clairement disposer à combler ses désirs.

Reconnaissant que tout progrès ne saurait s'opérer sans crise plus ou moins douloureuse, ne devrait-on pas se consoler en disant : « Présage d'une amélioration certaine, puissé-je « l'endurer patiemment. »

Aux trois grandes époques de la vie, naissance, mariage et mort, l'on pourrait dire à la naissance, « au nom de la « mère suprême, type de ta mère ; du père suprême, type « de ton père ; de l'univers, type de ton enfance ; au nom « du couple-Dieu, type de l'union destinée à compléter ton « existence actuelle ; au nom de son infatigable activité, sym-« bole du travail où tu puiseras dorénavant ton bonheur ; au « nom de la trinité primordiale, dont tu pourras éprouver fugi-« tivement les joies ; au nom de ce Dieu triple, double et un « à-la-fois, cause unique de toutes choses, âme de retour « à la vie sensible, qui que tu sois, salut et bonheur. Nous « te rendrons avec usure les doux baisers et tendres soins qui « nous furent prodigués dans notre enfance, afin que tu « puisses les transmettre de la même manière à celles qui « revivraient par toi. »

Au mariage on dirait, « parties isolément stériles d'un « tout fécond, qui venez compléter votre existence l'une « par l'autre, puisse l'harmonie régner sans cesse entre « vous, comme dans l'acte résurrectionnel où toute supréma-« tie disparaît. »

Enfin à la mort, vaporisation de l'âme que l'amour va re-cueillir, ne pourrait-on pas s'écrier, « toi qui nous fus si « chère et nous quittes pour une situation meilleure, puisse « la pensée du bien être qui t'attend adoucir en nous l'amertume « de nos regrets. »

En résumé,

Par la lutte, due au dualisme du bien et du mal, nos facultés se sont de plus en plus accrues. Lorsqu'elles seront suffi-samment écloses, l'on reconnaîtra que chacun de nous eût réel-lement toujours sa raison d'être; que personne ne fut nullement froissé dans cette lutte, cette espèce de forge humanitaire où le mal n'est qu'en apparence, ce vaste enseignement mutuel où nous nous instruisons tous les uns les autres, nous servant tous les uns aux autres de moniteur. L'imagination tout-à-fait rassurés sur notre avenir , n'apercevant plus que d'utiles contrariétés du moment au lieu de chagrins jadis bien amers , nous rendra de plus en plus douce chaque phase de nos innombrables transmigrations futures : nous nous aimerons tous plus les uns les autres , reconnaissant mieux que nous sommes tous frères , tous également chéris du couple sacré qui nous donna le jour. Par cette fraternité mieux sentie , la lutte s'éteindra. Devenus plus réfléchis, plus indulgens , plus aimans , les uns seront plus dociles, les autres moins fiers ; l'on se rapprochera davantage , l'on s'entendra mieux , l'on tombera plutôt d'accord ; la douce et vivifiante paix régnera de plus en plus entre nous sur tous ces globes merveilleusement coordonnés , qui durent être un véritable *enfer*, dans notre fougueuse enfance , un bien triste *purgatoire*, dans notre adolescence actuelle bien moins turbulente , et qui, à mesure que nous nous développerons dans nos métamorphoses ultérieures , nous offriront des *paradis* de plus en plus délicieux.

Caen , Octobre 1833.

MOISSON-DESROCHES,

Caen, Imp. de BONNESERRE. — 1833.

(28)

[illegible]